KB122700

희망이 없기 때문이다

2021 장애인 창작집 발간지원 사업 선정 작품집

희망이 없기 때문이다

1쇄 발행일 | 2021년 12월 31일

지은이 | 김운용
펴낸이 | 정화숙
펴낸곳 | 개미

출판등록 | 제313 – 2001 – 61호 1992. 2. 18
주소 | (04175) 서울시 마포구 마포대로 12, B-103호(마포동, 한신빌딩)
전화 | (02)704 – 2546
팩스 | (02)714 – 2365
E-mail | lily12140@hanmail.net

값 10,000원

발행기관 | 장애인인식개선오늘 **(042)826-6042**
주최 | 장애인인식개선오늘(고유번호 305-80-25363. 대표 박재홍)
주관 | 대한민국 장애인 창작집필실
심사 | 발간지원 사업 심사위원회
후원 | 대전광역시, 대전문화재단, 갤러리예향좋은친구들, 문학마당, 한국장애인
　　　문화네트워크, 드림장애인인권센터, 대전광역시버스사업운송조합, (주)맥
　　　키스컴퍼니, (주)삼진정밀

문의 | (042)826-6042

희망이 없기 때문이다

김운용 시집

개미

인간의 삶 속에서는 풍류가 저절로 생길 수밖에 없습
니다. 시적 화자 본연의 정서를 순화하고 인간 본연의 서
정성에 호소하는 것이 곧 시를 쓰는 길에서 만난 이들의
공통점이기도 합니다.

김운용 시인의 시詩 작업作業에서 보이는 일련의 모습
들은 후천적 장애를 가지고 살아가는 시인의 현실에 대
해 스스로 본연의 정서를 순화하는데 가장 기본적인 삶
의 신산을 견디는 자의 효과적인 방법을 택한 그것이라
고 가늠할 수 있었습니다.

심사위원들은 이러한 그의 일련의 노력에 대한 결실을
대한민국 장애인창작집 선정 사유를 들었습니다. 사회적
가치의 흐름을 가장 잘 대변해 주는 것이 문학적 교화의
기능을 통한 감동이고 위정자들의 마음을 움직여 사회적
대의를 실천해 나가는 중요한 기능 중 하나라고 보았습

니다.

 이렇듯 장애인 문학을 구성하는 문장 구성체나 주옥같은 시들이 흥興 – 비比 – 부賦의 세 가지 서술방식을 통해 살피지 않아도 현대 사회의 문화적 가치에서 보면 주옥같은 일상의 진솔함이 그대로 드러난다고 하겠습니다.

 이번 김운용 시인의 시집에서 보이는 시는 그동안의 시작업에서 한 발짝 나아가 시심이 원래 사람의 마음 깊은 곳에 있는 심성에 닿아 자신의 후천적 장애를 가지고 겪는 경험에서 빚어진 시심이 깃든 간절함의 발로였습니다.

 전문예술단체 〈장애인인식개선오늘〉의 대한민국 장애인창작집 선정 작품집 발간을 통한 매년의 이러한 노력은 공자가 말한 '시삼백詩三百을 일언이폐지一言以蔽之 사무사思無邪'라고 하였습니다. 이러한 시대정신 속에 질서와 예의가 갖추어져 있는 민관협치의 모범적 계기의 지속성을 마련해 주신 대전광역시의회, 대전광역시, 재)대전문화재단의 지원에 깊은 감사를 드립니다.

2021년 12월
전문예술단체 〈장애인인식개선오늘〉
대표 박재홍

'왜'라고 되물었다. 2016년 시집 『금호강가에서』와 3년 뒤 『주변 정리』 이후 꾸준하게 준비해 왔다. 2021년 2천여 편의 작품 중에 '희망이 없기 때문이다'라는 주제로 54편을 추린 것은 나에게 많은 도전의 시간이었습니다.

2020년 코로나19로 인한 모든 것이 정지상태가 되었고 어느 날 감염되어 병원에 입원했을 때의 불안함으로 하루하루를 어떻게 견디고 지나왔는지 모릅니다. 작년에 죽음 직전까지 갔다가 살아온 나는 산다는 것이 얼마나 소중하고 간절해야 하는지 알게 되었습니다.

코로나19로 3개월 격리기간 칩거한 시간 동안에 써 내려간 시간이 그대로 투영되었다. 지금껏 내 개인적인 삶의 독백을 작업했다면 여태까지 살아오며 숨기고 싶었던 얘기들 한 편으로 부끄러운 나의 치부를 드러내어 세상에 대한 따듯한 생각들을 얘기하고 싶었습니다.

　많이 부족하고 나약하지만 당당하게 살아가는 것이 시인 정신임을 알게 해주시고 선정 작품으로 선택해 주신 심사위원 여러분께 진심으로 감사를 드립니다.

2021. 12.
김운용

희망이 없기 때문이다

차례

2부

1부

1인칭에 관하여

　내가 사는 동네 율하동 유일한 북 카페와 내가 있다 나
를 품고 간간이 작업을 시키고 커피를 마시게 하고 노트
북 속에서 장애를 갖지 않게 하는 아지트 오픈 때였나 보
다 반가워 설익은 시집 한 권 가지고 찾아가 인연이 된
사장님 장애인 김운용이 아닌 김운용 시인의 1인칭 존중
의 인력이 작동하는 그곳이다

희망은 없기 때문이다

간절함이 잇닿은 과정에는 이르는 곳에 이루고 싶은 꿈들이 산다 그것을 사람들은 부러움이라 하고 희망이라고도 한다 지나가면 아무것도 아닌데 내려놓으면 부질없는 일인데 하지만 기다림은 내게 희망의 부호이기도 하다 간절하면 이룰 수 있다는 기대치 같은 것이다

복귀 첫날

다시 돌아온 거리 투쟁의 현장이다 차별에 대한 장애
인의 삶은 처절하지만 희망이 있다 제도적으로 인정하지
않지만 싸울 수 있다는 것은 아직 희망이 있다는 것이다
서울지방고용노동청 앞의 대오에 선 우리의 결의는 목탁
처럼 단단했었다 서울 일정을 마치기까지 승자도 패자도
없이 돌아온 일상에는 살아 있다는 사실에 감사하고 있
었다

기차가 출발하고 있었다

 일정을 마치고 서울역에서 차가 출발하는 순간에 울컥하며 감정들이 쏟아졌다 너를 두고 또 멀어지는 나에게 눈물이 비친 것이다 서서히 움직이는 기차가 뒤에 서울을 남길 무렵 사랑이었다는 것을 알게 되었다

작업실2

　라디오가 들려주는 이야기를 듣는 창가에 햇살이 가득
하다 약속을 하지 않은 시간이지만 이곳에서 다시 마을
을 일구고 산다면 멍하니 사계절이 묵어도 좋을 것이다
운명처럼 더딘 시 한 편 만나려고 한다 기다림으로 가득
한 시 한 편

생각에 관하여

　사고 후유증은 깊었다 무엇이라는 생각 자체도 그렇지
만 현실은 더더욱 어려웠다 시 한 편 쓰기가 산고보다 깊
다는 생각에 관하여 뿌리가 내리기까지 기다리는 시간
동안 영글기를 바라는 성실함이 등치를 이루었다

늦잠

마른 겨울 눈 속에서 하늘이 점점 흐려지고 있었다 낯선 겨울비가 내리고 점점이 흙먼지 냄새가 코끝을 자극한다 서둘러 일어나 숨차게 지하철을 타고 성당을 향했다.

시 한 편 쓰는 중에

영구임대 아파트 빵빵하게 음악을 틀어놓고 불안감을
견디며 리듬을 타고 시를 써내려 가지만 고요한 새벽에
잔기침이 나를 깨운다

웃음꽃이 피었다

아침 미사를 위한 풍경

삼위일체는 전동휠체어가 충전되어 있어야 한다 장애
인 콜택시를 불러 제시간을 맞춰야 하고 이를 위한 성실
함이 일체가 되어야 한다 하나님 안에 내가 충만하려면
장애인에게는 삼위일체가 되어야 비로소 십자가를 바라
볼 수가 있다

결혼

18년 전 오늘이 혼자서 좋아하던 첫사랑이 나 아닌 다른 남자와 결혼한 날이다 아문 상처 위로 덧대는 그리움이 통증이 느껴지지 않지만 그래도 행복했으면 하는 마음이 있다 추억을 데리고 살아도 그 시절이 좋았다

성당 가는 길

자고 일어나서 보니 어느덧 시간이 흘러 묵주를 들고
출발했지만 피곤한 몸과 나태해지는 마음이 깊다 해도
좋긴 하다 하나님을 향해 가는 이 길이

아프지 말자

장애인은 사랑에도 익숙하고 이별에도 익숙하다는 말
은 거짓말이다 처음부터 감내하기 어려운 마음이라고 겨
우 추슬러 잊어가는 것이 다인 것이기에 아프지 않으려
고 노력하는 것이 아니라 견디는 것이다 물처럼 흘러 지
나고 모이면 추억이 되지만 새살이 돋지 않으니 아프지
말자

2부

나에게 행복이라는 것은 큰 것 아니다

큰 것 아니다 내가 원하는 것은 작게는 도움이 되는 것
일 수 있다 한 편의 시가 주어진 하루 속에서 영글면 기
쁘게 사는 것이다 나에게 행복이라는 것은 간절하게 주
님께 엎드리지만 불안을 견디며 간절해지려는 삶이 그것
이 나의 소원이다 절대 큰 것 아니다

시로 먹고사는 것을 포기했다

시로 밥 먹고 사는 사람들이 솔직히 부럽다 많지는 않지만 자립심이 강한 시인들이 간혹 대단하다는 생각이 들지만 감동은 없고 인기는 많은 안정적 인쇄와 시인들을 몰고 다니는 시인들은 가난한 시인들을 이해하지 못하는 슈퍼바이저 같은 생각이 들고 나는 시로 밥 먹고사는 것을 접었다

새벽

비가 내리는데도 조금 빨리 도착했다 장애인 콜택시 짙은 어둠을 건너고 있는데 비가 내린다 오늘의 시작은 그러했다 평안함과 삶에 대한 고즈넉한 마음이 간절함을 불러온다 택시는 예정지대로 성당을 향했다

비를 피하는 현관에 자리를 잡았다 손에 묵주를 잡고 기도를 하는 중에 빗소리가 들린다 환해지는 마음의 새벽이다

사랑하고 싶은데

마흔여섯의 중중장애인임에도 사랑을 기다린다 여름
한낮 소낙비라도 맞으면 시원해질 것 같은 사랑이 그립
다 이제 남은 시간을 기다리며 사랑을 내려놓는다

장애인 활동가로서

한때 자기 욕심을 부린 것은 정당하지 않았다 조직의
운동성에 조금 불편해도 참아야 하는데 선배답지 못했다
길은 아득하고 내 안의 갈등은 첨예하게 뾰족해 진다 두
려워지는 현실에서 오늘을 산다 아직도 장애인 활동가가
되기 어려운가 서정성이 너무 강해서 조직원이 될 수 없
나 진보적인 운동성을 가지고 서로의 생각에 대해 자유
롭게 의견을 나누면서 선배들 이기적인 모습에 쓴소리를
한 것 뿐인데 그게 문제인가

코로나19

두문불출하면서 지내는 것이 좋다 바이러스가 그냥 지
나가기를 바라지만 아직은 나부터 조심하자 장애인 치료
를 먼저 생각하는 나라는 없으니까

손가락에 염증이 생겼다

백신을 맞았다 염증으로 아프고 부어서 이상하다 일단 항생제 먹고 지내보고 나서는 다음을 생각할 수 없다 평상시에도 염증에 고통이 많았는데 유독 심하다 별것 아닌 통증이 아니었다 장대비에 풀잎처럼 진흙이 묻어도 씻을 수가 없는 불가항력의 세상이다

은둔형 생활

성당 외에는 외출을 하지 않았다 오히려 아파트 생활
이 편하다 글을 쓰거나 휠체어를 타고 산책을 하는 것에
익숙하다 지나치는 것에 익숙한 시간 기도 중에 더뎌 지
는 시간이 나에게는 평온을 가져다 준다

선뜻 잠에서 깨어

　대충 저녁을 먹고 잠깐 잠이 들었는데 지쳐서 일어난 시간이 밤 11시 발가락 하나를 움직이며 괜찮아 하고 말한다 깊은 밤 깨어서 평안함을 느끼기보다는 말을 걸고 싶다 누군가에게 신호를 보내고 싶다 너도 외롭니 하고 묻고 싶다

시를 쓴다는 것은

시를 쓸 때가 가장 행복하다고 말하는 시인은 어리석
다 중증장애인으로 사는 불안한 현실적 고통을 생각하면
그나마 누군가를 향한 관심을 끄는 것이 아닌 내 속에 나
를 향한 대화를 할 수 있는 때가 있어 감사하다

직면

아직도 두려움인가 내 안에서 지난 아픔들은 지나가는
것이다 하지만 언제나 이것도 극복해야지 하는 현재형의
문제다 아직도 두려움은 나의 실체 원인을 모르는 불치
명 지난 상처들이 뚫고 새살이 돋아도 지워지지 않는
DNA 같은 것이다

기능 상실

손가락 하나 때문에 손 전체가 붕대로 감싼 상태가 되
었다 통증도 이제는 익숙할 무렵이 되었다 불편한 일상
생활과 기능성의 상실에도 불구하고 천천히 키보드를 움
직여 시를 쓴다

이 또한 지나가리라

3부

감정의 골

장애인 차별 철폐를 위한 운동은 정부를 향한 끝없는 제도 개선의 노력을 요구하는 것이다 그렇기 때문에 더 더욱 내부의 논쟁은 심하다 선배와 나는 이종교배처럼 옹이가 많다 서로 공격하고 갈등하며 이해 부족에서 오는 선배의 공격에 감정의 골이 깊어지고 있다 싸움이란 승패에 따라 승자가 독식하는 것이지만 대의를 위한 일에 누가 이긴들 무슨 소용이 있는가 라고 되묻지만 끝이 없다

목적이 이끄는 삶

서치라이트에 놀란 고라니처럼 그 자리에 아무것도 못
하고 멈춰서서 있는 것처럼 나도 그러고 있다 옛날 같으
면 그곳을 떠나 도망치듯 피했겠지만 나는 시를 통해 위
로 받아 지금 견디는 중이다 이제는 순응하며 살기에 나
약한 나에게 목적이 이끄는 삶이 생겼다

기본소득

월 150만 원 아득하다 무기력한 활동가에게는 그나마
희망인데 미친놈이라고 한다 나의 절박함이 그들에게는
모자라 보이나 보다 희망이 보이지 않는다 선거철만 되
면 국민이 풍요로운 나라인데도 말이다

봄이, 기다려진다

아침에 일정을 마치고 돌아온 집은 겨울 추위가 대단
했다 그래도 내집이 좋다 묵었던 한숨이 내려온다 아직,
봄이 기다려진다

징계

작년 이맘때 다니던 직장에서 징계를 받고 기간이 되어 이제 활동을 준비하는 중이다 꽃이 한 번 피었다 졌으니 1년이 조금 넘었나 보다 옹이가 깊게 패인 마음에 세월이 약이다 라고 위로하며 잘할 수 있을까를 묻고 있었다

동거

그 사람과 같이 살고 싶다는 바보 같은 생각을 한 적이 있다 현실적으로 불가능한 바람 같은 것이었다 이미 지나간 일인데 자꾸만 그런 생각을 하게 되었다 그래도 그 사람과 며칠만이라도 하는 생각이 아직 풀섶에 반짝거린다

잔인한 사랑에게

그렇게 냉정하게 돌아서는 사람이 잔인하다고 생각했
다 부메랑처럼 계절을 관통해 들어오는 상처는 깊었다
이 겨울이 지나고 냉이꽃 피면 향기만 돌아왔으면 좋겠
다

편지

미 · 안 · 하 · 다

마음이 먼저 달려가는 걸 어쩌겠니
잘해 주지도 못하고
말조차 할 수 없는
나는

보 · 고 · 싶 · 다

발음 되어지지 않는 문자는 아직도
따듯하다 너무 사랑해서 숨은
그것이 '사랑'

마음이 매일 자맥질을 하며
너를 향한다

펑크

　전동휠체어 펑크다 병원에서 간호사의 실수로 내 몸이
찔린 것이다 그 순간 유리에 베인 상처는 나의 이동권을
제어하고 있었다

은총

몽근 햇살처럼 바스러지며 당신의 체온을 느낍니다 방
은 얼음장처럼 차가운데 햇살 한 줌이 주는 나의 하루는
당신의 축복입니다

공정사회

이구동성으로 대한민국 장애인들은 묻는다
대 · 한 · 민 · 국 · 공 · 정 · 한 · 가

가치

내가 소중하게 여겼던 여러 가지 고민 중에서 반문하
는 것이 있다 장애인 해방을 위한 10년의 열정과 치열한
투쟁이 무엇을 위하여 실천했는지 되묻는다

무엇이 길인가

현실이 아득하여 아무리 고민을 하여도 길이 없다 마을은 있어도 길이 막힌 그래서 길을 찾는 중에 눈을 감는다 검불처럼 일어서는 나의 시간들이 엉킨 실타래를 풀듯이 길이 된다

단조로움

시간대별로 들어서는 햇살에 눈길을 주며 집에서 보내는 시간들이 소진되어 간다 무엇을 할 것인지를 생각도 묻지도 않는다 엉킨 일상을 칼로 베었으니 멍하니 공중에 놓인 눈길 위에 상념의 만물경이 펼쳐진다

휠체어에 누워 물끄러미 내다보는 하늘에 점점이 기류를 타는 새들이 밟힌다

욕정

가끔은 몽정처럼 지나가는 하룻밤이야 다들 풋사랑을
일컫기도 하지만 내게는 달라 선천적 장애를 가지기도
하지만 나처럼 중도장애는 착란에 가깝지 여자를 안고
싶은 마음 물러진 사과처럼 괴사되어 가지 하룻밤 내게
는 영겁이야

4부

일요일

커피 한 잔 들고 강가에 갈까 흐린 날이기는 해도 마음
이 평안하니 새들도 고요히 날겠지 아무것도 하기 싫어
서 물결에 몸을 내어 맡기고 간간이 무료하게 작은 물고
기를 삼키며 노을이 지면 긴 휘파람 소리처럼 울며 떠다
니는 날 일요일

고백하고 싶어

나는 전동휠체어를 타고 푸른 바다로 가서 지친 당신을 만나고 싶어 파도처럼 울며 당신에게 기대어 한숨처럼 희망을 얘기하고 싶어 불길이 이는 노을이 산화할 무렵 내 가슴속에 불을 놓은 당신을 이야기하고 싶어

메시지

　매일 반복되는 메시지를 보내고 답변 없는 폰을 들고
기다리고 있지 그닥 힘들지는 않지만 당신이 힘들까 봐
걱정이 되고는 해 애가 타는 사랑은 스스로가 타들어 가
는 줄 모르고 그렇게 속으로만 타들어 가나 봐 그러나 꼴
딱 날을 새고는 하지 그래도 내일 다시 보내게 되는 이유
는 몰라 이미 중독되었나 봐 나는 당신에게

기초수급자

낙인도 아니고 빈곤은 늘 같습니다 공공임대 아파트에서의 생활이 전부인 장애인이고 겨우 자신의 명의로 발간한 시집을 가지고 있는 시인입니다 팔리지 않는 시집을 팔고 싶지만 그것은 현실적으로 불가능합니다 하지만 한참 뒤 어느 어두컴컴한 도서관 장서실에서 꿈꾸는 이의 손에 들리어 세상에 나와는 달리 희망이 될지도 모릅니다

진단

대학병원 외래 진료실 앞이다 왜 이렇게 긴장이 되는
지 모르지만 견디는 시간이 참 답답하고 진땀이 난다 나
도 모르게 기도를 하고 있었다

성토요일

세상 고요한 시간을 택하여 사람의 아들이 죽고 아무
도 모르는 부활의 신비로운 이야기로 기록되었으니 정지
되어 기다리는 이들은 천년이 지나도 믿음으로 잇게 되
나니 나는 그 중에 시인이라

장을 보던 날

긴급재난지원금을 받던 날 생계비 카드로 장을 보고
있었다 전동휠체어를 타고 돌아오는데 공돈처럼 마냥 즐
거웠다 코로나19 재난인데 팬데믹으로 인한 언택트 시
대인데 마냥 행복한 것이 이상했다 살아 있는 것 같고 먹
을 것을 살 수 있다는 것이 그동안 이것도 못하고 살아나
하는 생각에 조금은 슬프기는 했지만 웃고 있었다

복직

쌍용자동차 해고노동자, 영남대학교병원 해고노동자,
다시 돌아간다고 한다 10년 만에 직장을 향해 발걸음을
가볍게 내어 딛고 노동자 권리를 위해 부당함을 이겨내
고 일터로 식구들 먹여 살리기 위해 돌아간단다

저상버스

사무실 가는 길에 저상버스를 탄다 오랜만에 봄 풍경
을 보며 출근하는 오후 얼마만 인지 몰라 웃는다 갈 곳이
있어서 웃는다

범어동 네거리

대구의 강남 범어동 네거리를 전동휠체어로 간다 일인
시위하러 간다 장애인의 양질의 삶을 요구하기 위해 피
켓 들고 1인 시위하러 간다 부자들이 많이 귀를 기울이
기를 바란다 장애인의 간절한 양질의 삶을 위한 외침을
잘사는 사람들이 듣고 응원해 주는 대한민국이었으면 좋
겠다

대박

　남들에게는 비일비재는 아니어도 가끔 로또가 되어 찾
아오는 기도로 당첨되기를 바랐다 되면 최신형 자율주행
도 되고 계단도 올라가고 차량도 자동으로 탈 수 있는 전
동휠체어와 자동차를 뽑고 책도 내고 싶었다 가끔 아주
가끔 몽정처럼 이렇게 현실적이지 않은 대박 꿈을 꾼다

새벽비

　하염없이 내리는 비 새벽 미사를 위해 성당으로 가는
길 마음이 무겁다 우산 위로 떨어지는 비가 아프다

5년 후

무엇이 될 것이라는 생각을 하지 않지만 막연하게 장애인 활동가 아니면 글쟁이라는 막연한 생각이 들었지만 어떤 모습인지는 모르지만

'잘 살고 싶다'

백지

주어진 흰 공간에 무엇을 쓰든지 내 안의 고통이 맞다
나에게 주어진 흰 공간에 나의 부족함을 메우는 오늘이
부족하다 그래서 글을 쓸 때도 길이 멀어 보였다

아직이다

　어제도 내일도 그 후 며칠 후에도 밀릴 일이다 마음에
불온함이 불안할 때면 매사에 조심하자고 하지만 이제는
실패가 익숙하여 군살이 돋아서 단단한 마음이 느린 것
을 즐길게 되었다 시詩도 그러할 것이다